壞蛋聯盟

3

毛球大反擊

文、圖／艾倫·布雷比　譯／黃筱茵

主編／胡琇雅　美術編輯／蘇怡方

董事長／趙政岷　第五編輯部總監／梁芳春

出版者／時報文化出版企業股份有限公司

108019台北市和平西路三段240號七樓

發行專線／(02) 2306-6842

讀者服務專線／0800-231-705、(02) 2304-7103

讀者服務傳真／(02) 2304-6858

郵撥／1934-4724時報文化出版公司

信箱／10899臺北華江橋郵局第99信箱

統一編號／01405937

copyright © 2019 by China Times Publishing Company

時報悅讀網／www.readingtimes.com.tw

法律顧問／理律法律事務所　陳長文律師、李念祖律師

Printed in Taiwan

初版一刷／2019年8月2日

初版二刷／2022年3月3日

採環保大豆油墨印製

THE BAD GUYS Book 3: Episode 3: The Furball Strikes Back
Text and illustrations copyright © Aaron Blabey, 2016
First published by Scholastic Press, an imprint of Scholas-
tic Australia Pty Limited, 2016
This edition published under license from Scholastic Aus-
tralia Pty Limited
through Andrew Nurnberg Associates International Limited
Complex Chinese edition copyright © 2019 by China Times Pub-
lishing Company

壞蛋聯盟. 3：毛球大反擊 / 艾倫.布雷比(Aaron Blabey)文.
圖；黃筱茵譯. -- 初版. -- 臺北市：時報文化, 2019.08
　　面；　公分
譯自：The bad guys episode. 3 : the furball strikes back
ISBN 978-957-13-7905-0(平裝)

887.159　　　　　　　　　　　　　　108012160

壞蛋聯盟

文·圖／
艾倫·布雷比
·AARON BLABEY·

3

毛球大反擊

GOOD!

英雄
還是 壞蛋?

專題報導

蒂芬妮·毛茸茸 6

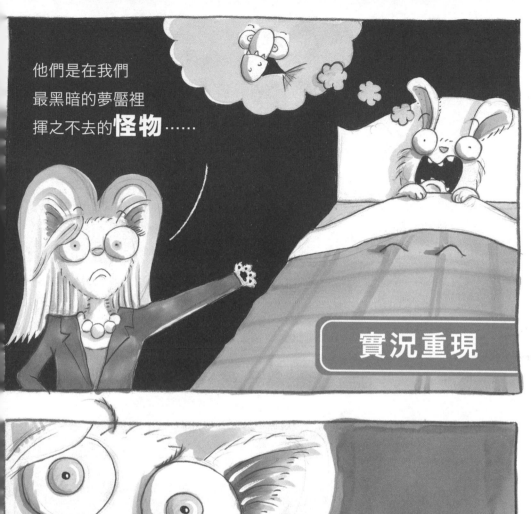

他們是在我們
最黑暗的夢魘裡
揮之不去的**怪物**……

實況重現

他們是嗎？
這個嘛，這隻**雞**
可不這麼認為喔……

向陽養雞場是個恐怖的地方。
我們一輩子都被鎖在小不隆咚的籠子裡。就在
這個時候，那隻很棒的狼和他的朋友們——解
救了我們的自由！

布魯克

可是……他們其中之一不
是試圖吃掉你嗎？

沒錯。不過他最後又
把我吐出來啦。

這隻雞秀逗了嗎？？

而且不是只有布魯克聲稱這些壞蛋們

其實是……

偽裝的英雄！

從向陽養雞場被釋放的10000隻雞

說法全都一樣。

警察
報告書

向陽養雞場

我們應該允許
突變的沙丁魚
在大街上趴趴走嗎？

我覺得他們很可愛呀。
尤其是那隻特大號的**雞**。
或者說不定他是隻**鯊魚**啦。
真的很難分辨⋯⋯

派特（家庭主婦）

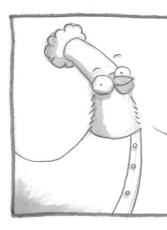

他們啟發了我追尋自己的夢想。
我永遠也不會忘記他們。

費歐娜（名廚）

我們必須很謹慎，不能以貌取人。
有時候，看起來最可怕的生物事實上
是**最好心**、**最棒**的。

黛安（最高法院法官）

所以，這些**雞仔**全都瘋了嗎？

還是那幾隻

恐怖的**生物**

其實……只是想要行善而已？

他們是在外面做好事嗎？

還是他們在你家門外徘徊，

等待機會

讓我們看到他們

只不過是一群……

……壞蛋？！

·第一章·
如果你今天
走進森林裡……

嘿，小子，
你可以開慢一點嗎？
我覺得不舒服耶……

母湯啦，食人魚先生。
沒時間可浪費哩！
腿兒！我們快到了嗎？

是的，狼仔。根據我的衛星訊號，我們隨
時會看見**推土機**……

太棒了！

所以，我們再來複習
一次計畫吧。

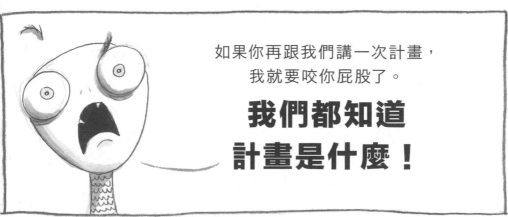

如果你再跟我們講一次計畫，
我就要咬你屁股了。

**我們都知道
計畫是什麼！**

嘿！蛇先生，放輕鬆嘛。這很重要哩。

所以話說回來……我接到一通沒有顯示來電的電話，告訴我那邊的森林裡，有幾輛**推土機**正準備毀掉毛茸茸可愛小動物們的家。

我們在這裡
就是要確保那件事
不會發生。

我們早就
知道了！

喔老兄……我真的覺得
很不舒服……

鯊魚先生！

啥？

你的偽裝呢？

喔對喔。
我忘了。

看吧？！這就是**為什麼**
我一直複習我們的計畫！

對啦，對啦。
隨便。

嘿！那個**傢伙**
是誰？！

放輕鬆。是我啦。

你真的好會偽裝喔。

對丫。我瞭。

現在，記得喔，鯊魚——
你是一隻毛茸茸的可愛動物！
你的工作就是要引開那些開推土機
的傢伙，然後我們——

我們知道
計畫啦！

喔！喔！快停車……

我們已經重複過
一百萬次了
我們知道計畫！

快停車！

嘎嘎嘎嘎吱吱！

怎麼回事？

你在幹嘛？

我需要進行「計畫2」。

你需要什麼？

搭長途車讓我肚子不舒服。

你是認真的嗎？

推土機就在**前面**耶！

你們先開始啦。
我不會太久。

這個嘛……如果你需要……

你放心。
方圓1000英呎內只要有東西在移動，我都看得見。

好的。該當**英雄**咯。

你**每次**都非講那句話不可嗎？

我們 **開工咯！**

嗨！我是一隻可愛的小兔兔，
我跟你打賭，你抓不到我！

ㄉㄨㄞ唷！

好了，
阿蛇。
等信號
吧……

ㄟ……大夥兒……？

嗯……我的感應器發現這些推土機有點怪異耶，

兄弟們……

嗯……

……只有我這樣覺得，還是這臺推土機真的是用紙箱和膠帶做的？

嘿，這可真怪……

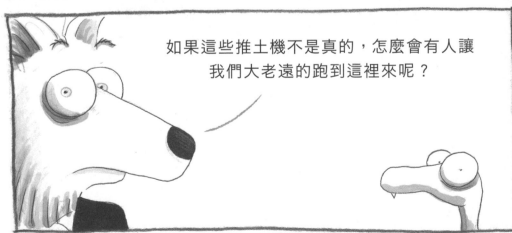

如果這些推土機不是真的，怎麼會有人讓我們大老遠的跑到這裡來呢？

轟轟轟隆隆！

我的車！

腿兒！

嘿，有沒有誰跟我一樣，覺得地面怪怪的？

呼！
我最近都不會再到那
棵樹後面去咯……

嘿……
發生了什麼事？

·第二章·
橘子果醬博士的巢穴

嗯⋯⋯？

嗯，哈囉，天才。
歡迎加入⋯⋯

我們被捆住啦！

喔，真的嗎？真多謝呀！

我們之前都沒有注意到！

可是誰會做這種事？

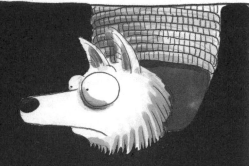

誰不會哩？

老兄，我們是**壞蛋**耶。

像我們這種傢伙都沒有好下場

不！

一定是弄錯了！

我們是英雄耶！

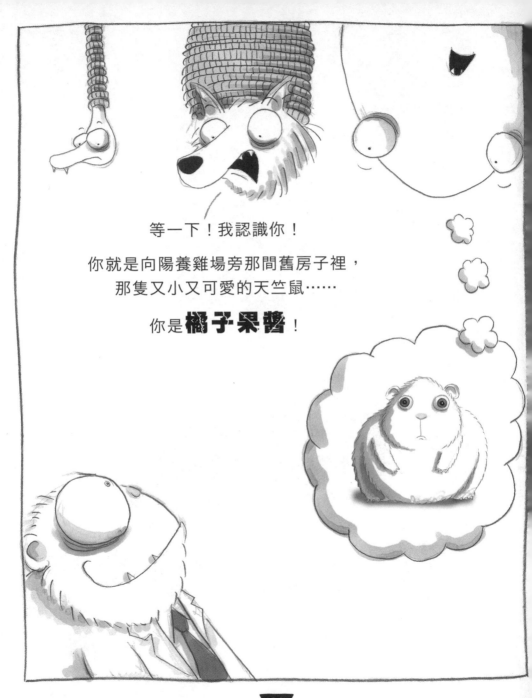

等一下！我認識你！

你就是向陽養雞場旁那間舊房子裡，
那隻又小又可愛的天竺鼠……

你是**橘子果醬**！

是**橘子果醬博士！**

抱歉抱歉。

讓我自我介紹一下……

我是

路波特·橘子果醬博士！

歡迎來到我的

家！

嘿！我聽說過你的事！

你就是那個

瘋狂科學家億萬富翁。

瘋狂科學家億萬富翁？！
他是**天竺鼠**耶！

那又怎樣？！就因為我是天竺鼠，所以不能當

瘋狂科學家億萬富翁嗎？

喔。嗯，不是啦……我想你可以……

是真的！

我是億萬富翁！
而且我是科學家！

可是我瘋了嗎？！
嗯，我也想知道⋯⋯

我瘋了嗎？

你把腿兒炸掉了！
你是怪物！

對，說得對！

而且你還把我的酷車也炸掉了。

如果你不是**瘋了**，怎麼可能那樣做？

這個嘛，讓我想一想。

嗯，對啦。告訴我⋯⋯

你覺得你可以**闖進**我的**養雞場**

偷走**10000隻雞**，

然後我還覺得

那很棒嗎？！

你的**養雞場**？
可是你只是一隻天竺鼠耶！

你還是不懂
對吧——
我是一個瘋狂科學家億萬富翁
我有很多**養雞場** 而且
你讓我
氣炸了！

等一下。你是說……只因為我們解救了那些雞……你就炸了我們的車，還把我們五花大綁？

總算聽懂了！
是的，沒錯。

你不是對我們曾經做過的那些**壞事**生氣？

不是。

所以，意思是……

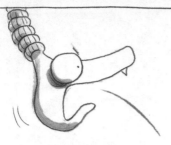

我們捲進這團混亂的唯一原因，
就是因為你那
想當英雄
的笨蛋堅持！

什麼？所以這現在
又全是**我**的錯了？

當然是你的錯！這隻**秀逗**的
天竺鼠捆住我們就是因為你
一直逼我們做好事！

你**現在**真的
想吵這件事？

那還用說！
這件荒謬的英雄事
除了讓我們惹上麻煩
根本啥都沒幫上，

我真的
受夠啦！

嘿！

啥？！

我覺得你們都沒注意到
我美麗的新玩具。
它很可愛吧？

酷耶。紅色的大按鈕。它是幹嘛用的？

喔，沒什麼啦……

只是用來
毀滅你們
好讓我
占領全世界！

嘻嘻 嘻嘻 嘻嘻 嘻嘻 嘻嘻 嘻嘻 嘻！

你知道嗎？

我覺得我不怎麼喜歡那隻天竺鼠欸。

· 第三章 ·
你看見我看見的東西了嗎？

嘿！小子們！

大家都上哪兒去啦？

需要便便又不是我的錯！

砰砰咚咚咚咚！

呼！

哎呀，你怎麼了？！

我在車子被**雷射大炮炸成碎片**的最後一毫秒以前從車上跳開，後來我看著其他兄弟們**被吸進地球的腸子裡**。

喔，酷唷。

什麼？！

食人魚先生，那是**陷阱**。

那些推土機都不是真的。我認為有人故意把
我們引來這兒，

而且我認為狼仔和其他夥伴**都被抓走**了！

我的老天爺啊！我的兄弟們！
可是他們會被抓到哪裡去哩？！

看看那裡⋯⋯

向陽公司？！那間養雞場？
養雞場怎麼會出現在森林正中間？

沒錯！
魚仔，你不覺得奇怪嗎？

嘿！你叫誰「魚仔」啊？
然後對呀，我也這樣覺得。

嗯……好吧。不管啦……
我們需要進入那棟建築物，而且我
有個計畫……

咕咕咕！

啥？

嗯？怪了。

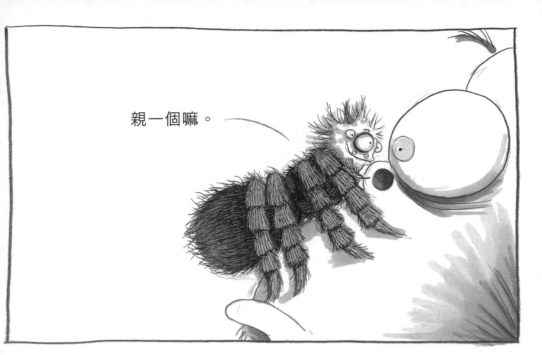

親一個嘛。

昏倒！

哇。他已經不省人事了。你真的可以把每個人都嚇壞耶，不是嗎？

對呀。每次都這樣……

……每次……都一樣……

嘿！

什麼？

我覺得……我剛才看到……

一個**忍者**！

嗯。你一定是從爆炸的車子跳出來的時候，撞到小腦袋了吧。

如果你再看到更多「忍者」，我就直接送你去醫院，好嗎？

我不曉得我們會在這裡發現什麼，小子。不過我保證……

不會有忍者的……

·第四章·
怪物的心

所以啊！現在你們都
注意聽了，我要來告
訴你們一個小故事。

從前從前，

有一隻小不點天竺鼠

他受夠了

所有人都說

他有**多可愛、多好抱**。

於是他決定要做點什麼……

首先,他把雞關進籠子裡
賺了好幾億元,
可是這樣好像還不夠。

於是,他創造了一種**祕密武器**,
這樣就**沒人**會再說他
可愛又**好抱**,
這種武器是**如此的強大**,
強大到只要按一個按鈕
就會永遠改變
這個世界的命運……

就是這個按鈕!

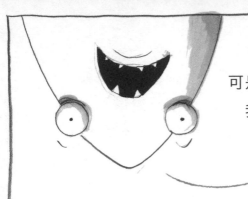

可是可愛又好抱到底有什麼不對？
我還真希望我可愛又好抱哩！

每個人都**愛**天竺鼠呀。

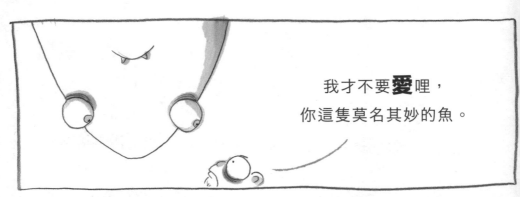

我才不要**愛**哩，
你這隻莫名其妙的魚。

我要的是
權力。

現在我有了，

你們不管做任何事

都不能奪走我的權力啦！

嘻嘻嘻嘻嘻嘻嘻嘻嘻！

啊……抱歉。你可以給
我們一點點時間嗎？

什麼？

欸……好吧。

可是不能太久喔，好嗎？

好吧。這隻天竺鼠瘋了。
我們該怎麼辦？

你說呀，毛毛腦袋。你的下一
個厲害的想法哩？

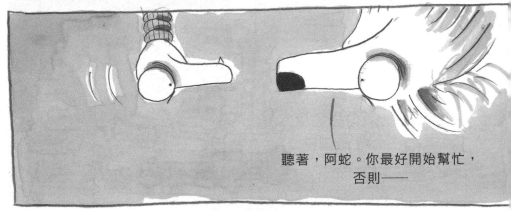

聽著，阿蛇。你最好開始幫忙，
否則——

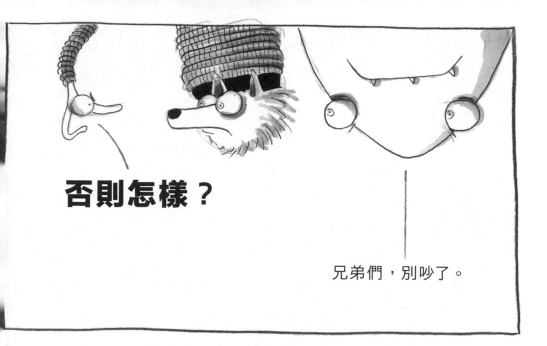

否則怎樣？

兄弟們，別吵了。

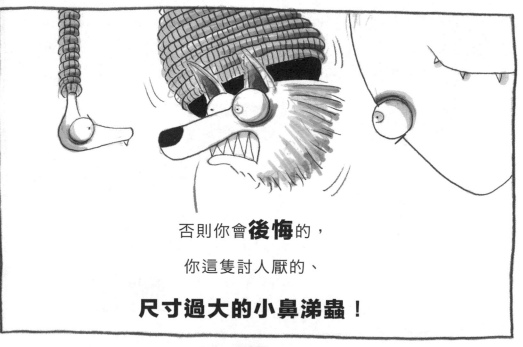

否則你會**後悔**的，

你這隻討人厭的、

尺寸過大的小鼻涕蟲！

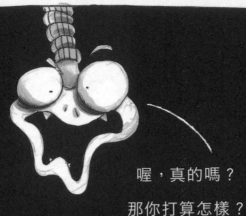

喔，真的嗎？

那你打算怎樣？

用你下一個蠢蛋計畫

讓我們全都變成**超好吃軟糖**

讓我無聊死嗎？！

這是最後警告了，蛇仔。

你們兩個都別再吵了。
這樣我真的要火大了……

你再耍白癡嘛，
你這愚蠢的
英雄小丑！

我受夠了！

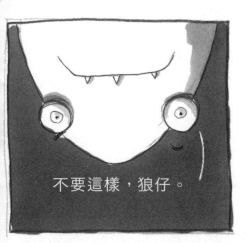

不要這樣，狼仔。

太太太太遲了！

我吞！

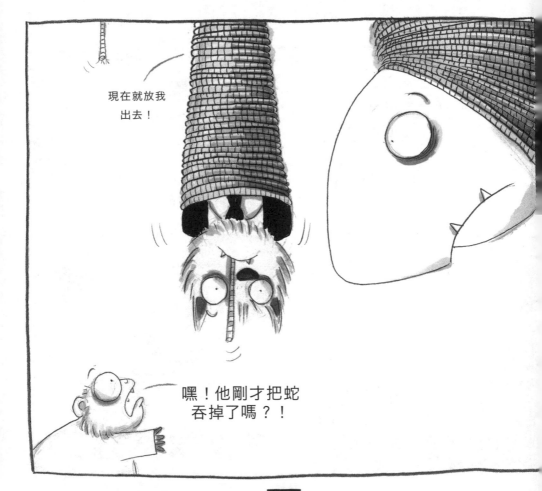

現在就放我出去！

嘿！他剛才把蛇吞掉了嗎？！

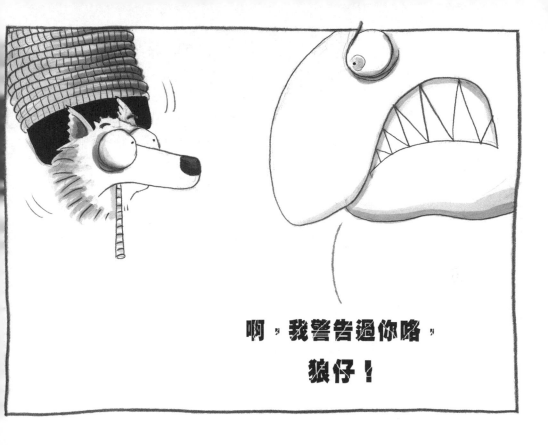

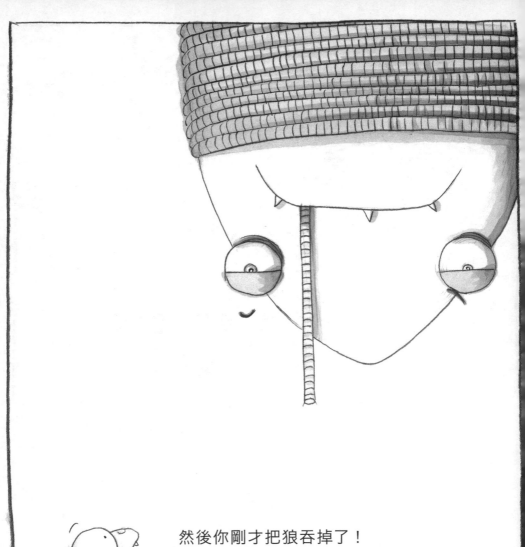

然後你剛才把狼吞掉了！

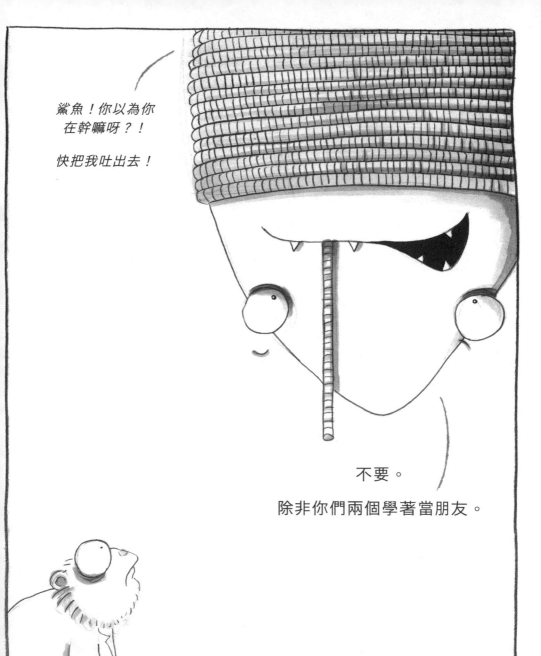

我警告你喔，狼仔！快把我咳出來！

想都別想，瘦子。

鯊魚！這是你最後的機會了！

等一下！你在鯊魚肚子裡嗎？！

不關你的事！

也就是說我在狼還有鯊魚的肚子裡！

去跟在乎你的人說吧！

*這就像是困在某種真的很噁心的俄羅斯娃娃裡，
我不喜歡！*

了不起。

鯊魚，我要數到十咯……

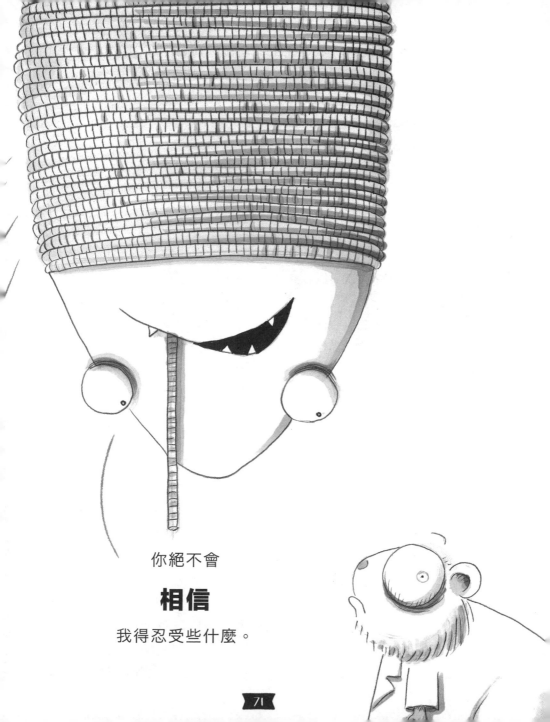

你絕不會

相信

我得忍受些什麼。

·第五章·
驚喜，驚喜

喔，老兄。到處都是守衛！
這樣我們要怎麼找到他們？

嘿，快看！
底下那邊！

是鯊魚！

沒人可以綁住我的兄弟然後
不付出代價！

我們現在
就把那根繩子弄斷！

我咬！

我咬！

我咬！

食人魚先生？

嗯，小子？
怎麼啦？

我咬！

我咬！

我知道這樣講聽起來很瘋狂……可是我真的覺得我看到一個忍者了。

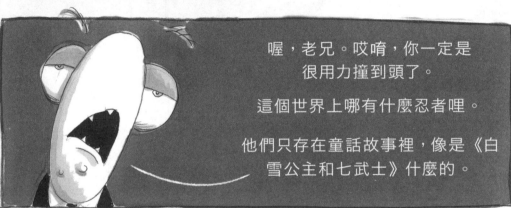

喔，老兄。哎唷，你一定是很用力撞到頭了。

這個世界上哪有什麼忍者哩。

他們只存在童話故事裡，像是《白雪公主和七武士》什麼的。

事實上，我很確定那不是真的……

僵住！

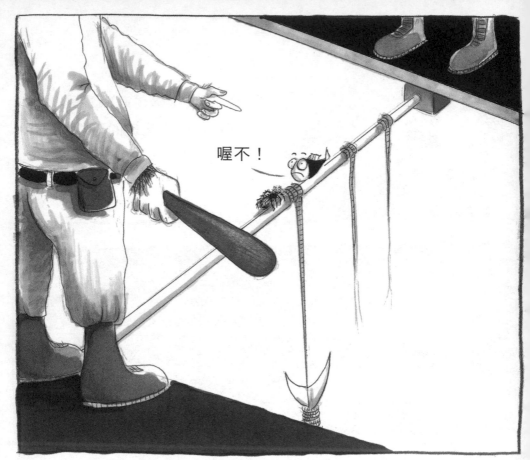

喔不！

鯊魚！我很抱歉！

他們逮住我們了！

食人魚？！是你嗎？

喔對了，我忘記說了——你們的呆瓜朋友以為他們可以溜進來解救你們！是不是很可愛呀？

看來你們沒有半個人明白現在的處境有多危險。

那好吧。

就像我之前說的，

我就來啟動

世界末日吧！

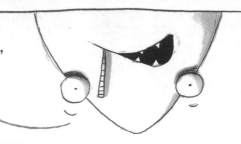

如果你不介意我這麼說的話，
你看起來像一隻
很困擾的天竺鼠。

你懂什麼⋯⋯

現在就讓我們開始這場派對吧！

食人魚！
快跑！

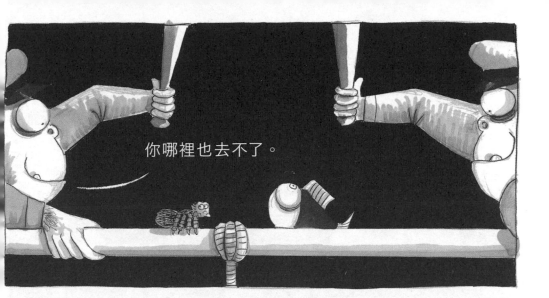

我切！！

他砍斷繩子了！

咚！

嘿，老兄。
謝啦。
你讓我安全降落。

好吧。有沒有人要告訴我
這裡發生了什麼事？

當然啦，狼先生……

……你想知道什麼？

·第六章·
祕密探員

妳是誰？

鯊魚先生，我是

狐狸特務，

很高興能認識你。

你們恐怕陷入了非常危險的處境。

路波特·橘子果醬博士是這個世界上**最可惡的壞蛋**之一。

我們已經追蹤他好幾年，一直嘗試破獲他的行動。

看來我們總算成功了。

我們？**我們**是指？

我是**國際英雄聯盟**的探員。

我們是發誓保衛地球不受邪惡入侵的國際祕密組織。

嘿！狼仔，那也是我們在做的事呀，對吧？

狼仔？

他是怎麼回事？

……好酷……
……好漂亮喔……
……咕……
……呼……

我也不確定發生
了什麼事……

算了。

我們是⋯⋯
好人俱樂部，
狐狸探員⋯⋯
我們隨時為您效勞⋯⋯
嘻嘻嘻⋯⋯嘻嘻嘻
⋯⋯啊⋯⋯呵呵⋯⋯
咕嚕⋯⋯

「好人俱樂部」？

你們是這樣稱呼
自己的嗎？

對啊。我們整晚熬夜，

試著想出**笨蛋姓名史上**

最蠢的名字，然後──轟！──

這個名字就誕生了。

喔，是嗎……
我倒覺得這個名字很可愛呀。

可是，男士們，我擔心你們有點
沒辦法掌握現在的狀況。

你們在養雞場的舉動讓這位橘子果
醬博士對你們**恨之入骨**。

不過不必擔心，

我們很快就會把他好好的關起來，
不是嗎，橘子果——

喔，天啊！
有人看見那個超級壞蛋到
哪兒去了嗎？

就在這裡，狐狸探員。

喔喔，糟糕。

我真心希望
你們能
享受
世界末日！

嘻嘻！

啪答！

我的**祕密武器**

已經被釋放了

它**馬上就會出現**了！

你們猜得到是什麼嗎？

嘻嘻嘻嘻嘻嘻！

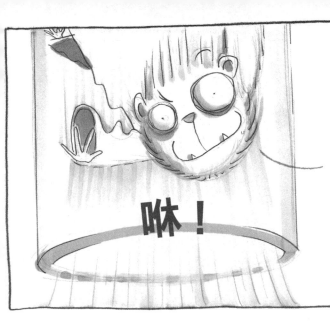

喔，為了讓事情變得
更有趣一點……

啉！

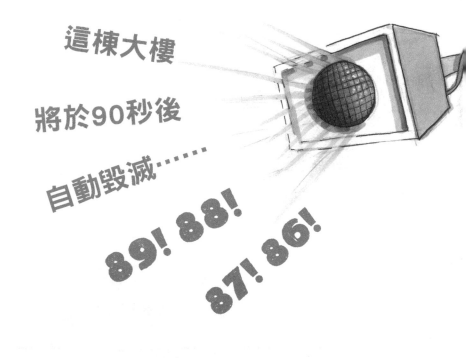

這棟大樓

將於90秒後

自動毀滅……

89！ 88！

87！ 86！

76! 75! 74! 73!

嗯。老套的爆炸把戲。
真是令人失望。

這個嘛，大樓即將炸毀，我們
有幾十秒的時間可以活。

男士們，有什麼對策嗎？

·第七章·
學騎摩托車

啊哈！

那裡還有一線希望！

摩托車！

60! 59! 58! 57!

所有人，快上來，
我載你們出去。

我們不可能全部搭上一輛摩托車呀！

嗯。你說得對。
可是我不認為你們當中
有誰會騎摩托……

我！

你會？

對呀。

真的嗎？

ㄅ……行。

太棒了。

那麼，你載蛇先生，我把其他成員載到安全的地方。

祝你好運，狼先生。

啾！

32! 31!

30! 29!

男士們，我們
在外面見咯！

轟！ 轟！

掰！

我不曉得你還會騎摩托車耶。

我只是不想讓她失望而已。

你知道嗎？

怎樣？

我們
就⋯⋯⋯⋯

衝了

吧！

喔，真的嗎？怎麼說？

雷射大砲！

哇。他還真夠勇敢的，
不是嗎？

對呀。在玻利維亞，
我們幫這種人取了一
個名字……

我們叫他們「**傻瓜**」。

狼仔，**我恨你**！

這個嘛，**蛇仔**，我不恨你！

而且**我不會放棄你**的，
不管發生什麼事。

很抱歉我之前吞了你。可是我不後悔
把你捲入這團麻煩中。

因為英雄就是這樣。

而且我真心相信**你的心裡有個英雄**，蛇先生。

我永遠也不會停止相信這件事的。**永遠。**

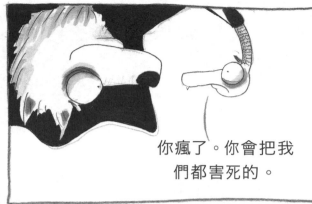

你瘋了。你會把我們都害死的。

也許吧！

不過不是今天！

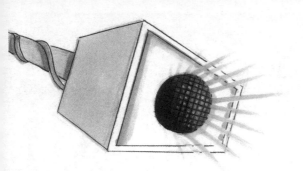

所有人快找掩護！

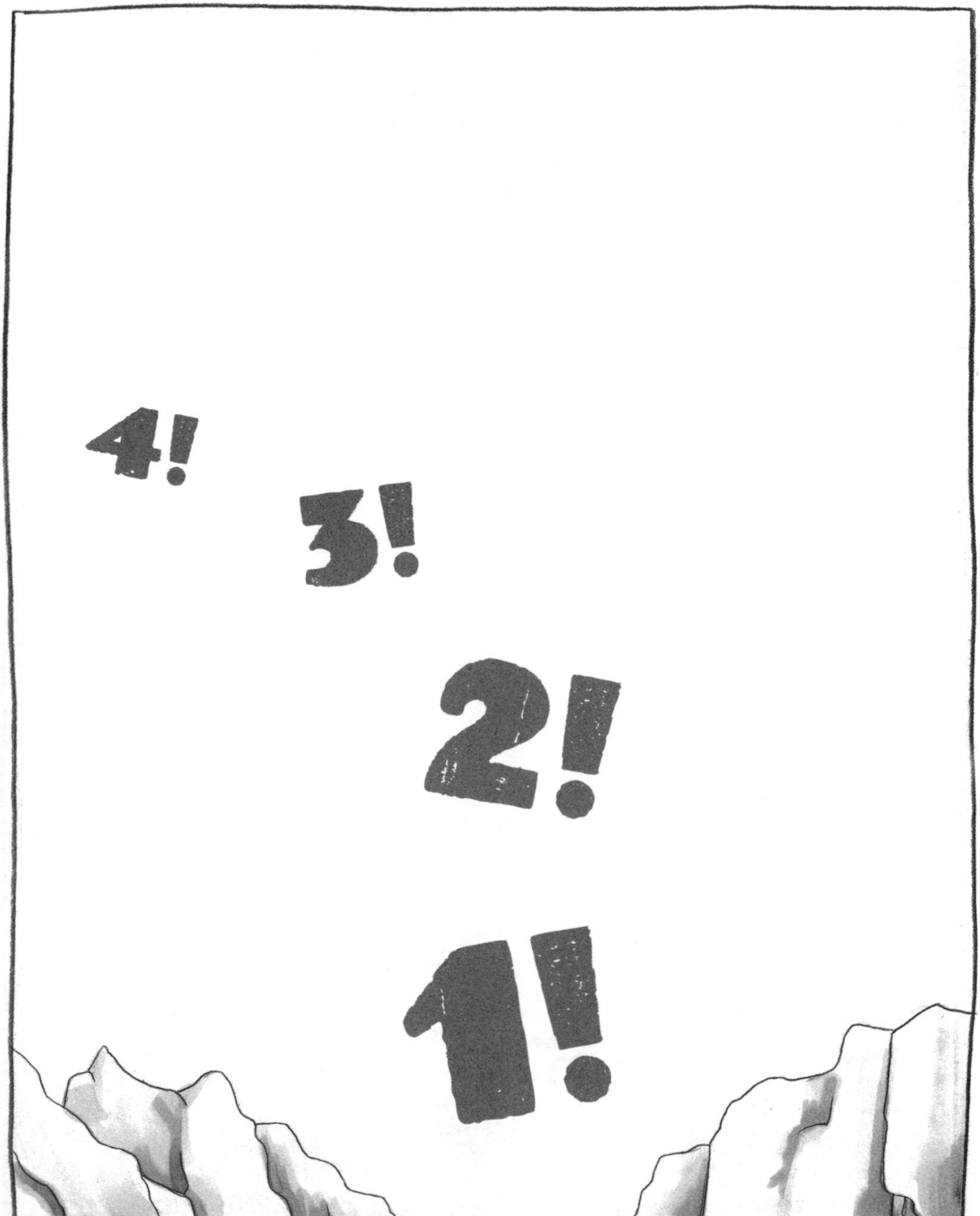
4!
3!
2!
1!

·第八章·
幫個小忙

發生什麼事？

爆炸了嗎？

這裡是……天堂嗎？

不可能的。

因為你在這裡。

嘻嘻嘻嘻嘻嘻嘻嘻！

你們被耍了！
這棟建築又不會真的爆炸！

你在開玩笑嗎？？
我嚇到快要大出來了！

又來了？！
你真的該去看醫生啦，
老兄。

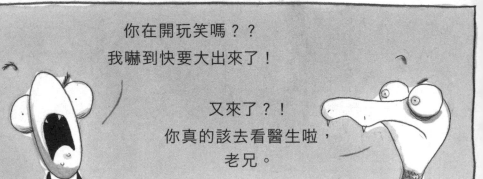

你們不會**以為**我真的會
炸掉自己的
祕密武器吧？

我快受不了了。

什麼祕密武器？

我打賭你只是又在耍花招！

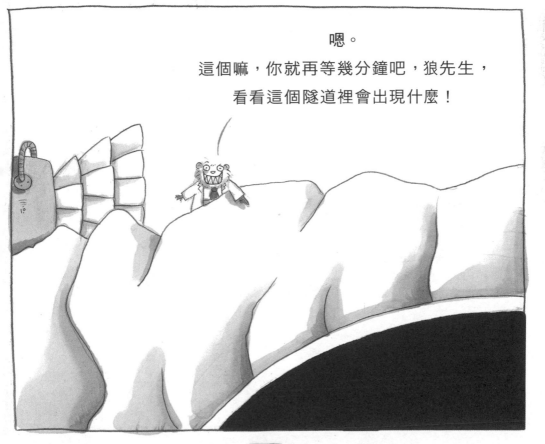

嗯。

這個嘛，你就再等幾分鐘吧，狼先生，

看看這個隧道裡會出現什麼！

妳相信我的話吧，狐狸探員？

不幸的是……
我相信。

橘子果醬，你這次又幹了什麼好事？

等著瞧吧。
祝你們好運咯，各位。
你們會需要的。

永遠不見咯！

嘻嘻嘻嘻！

我真的很不喜歡那隻
天竺鼠欸。

我也是，狼先生。

這也是為什麼我要拜託
你幫我一個忙。

什麼忙都沒問題！

我需要跟蹤
橘子果醬，
現在。
可是有人得待在這裡
處理他的
祕密武器。

某個**真的很恐怖**
的東西隨時
會從那座隧道出現，
我需要**幾位英雄**
在它出現時
挺身捍衛大家。

男士們，**你們**可以
當我的英雄嗎？

你們願意幫我

拯救世界嗎？

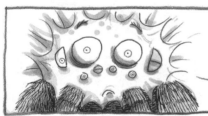

ㄟ……我不確定耶……

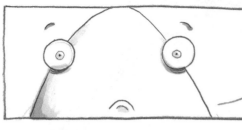

其實，我跟我的造型師還有約……

我是很想幫忙啦，小姐，可是我恐怕得先
找到一條乾淨長褲才行……

姊妹啊，妳秀逗了吧……

我們當然
會幫忙！

狼先生，真是謝謝你。
男士們，那就靠你們咯。

喔太棒了。
現在她還靠我們哩。

嘿，
我還有個壞蛋得抓！

她連**火箭靴**都有！

對呀，當英雄還是有一些好處的，狼先生。

喔，對了，蛇先生。

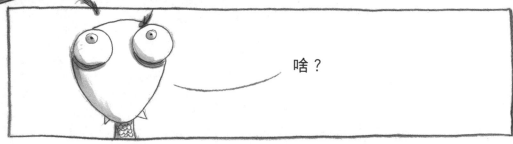

啥？

我知道你在養雞場做了些什麼。

你是那些雞能夠重獲自由的關鍵。

你**已經**是個英雄了。

你只是得開始**相信**這件事情。

祝你們好運咯，男士們！

啾啾啾啾啾！

第九章

不再可愛又好抱

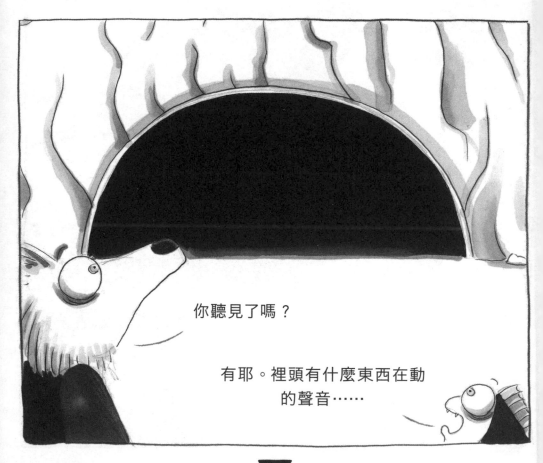

你聽見了嗎？

有耶。裡頭有什麼東西在動
的聲音……

你們準備好了嗎？

還沒。

哇，很公平。

我也不確定自己準備好了沒。

可是這不要緊，對吧？因為我們有任務在身。

這個世界就靠我們來保護了。

就靠我們了——

好人俱樂部。

說真的，兄弟，我們已經聽到

國際英雄聯盟這名號，

我們的隊名聽起來好爛喔，爛到我真希望
自己有手——這樣我就可以**扁你**了。

真的嗎？
我們的隊名不好嗎？

爛透了。

好吧……嗯……

可是我們現在**正在**幫很酷的
英雄聯盟的忙耶……

這麼一來我們也變得有點酷啦，不是嗎？

是有點啦。

所以就這樣咯，

有點酷的好人聯盟成員，我們就讓這個祕密武器瞧瞧我們的能耐吧！

嘿！**哈哈哈哈！**

大家可以放鬆了！

快看！

這只不過又是另一場**惡作劇**而已！

牠們只是一群……

小貓咪！

喵！ 喵！ 喵！ 喵！

呼！

唉唷，**這**還真讓人鬆了一口氣！

不，不，不……等一下……

那些小貓咪**怪怪的**。

牠們為什麼走路**一跛一跛**？

發出**怪聲音**？

還……**流口水**？

不！

不會吧！

那是！

那是……

是一群軍隊……

是 殭屍貓 大災難！

你應該**驚慌失措**嗎？應該**大哭**嗎？

應該**尿褲子**嗎？

不！ 你應該往後坐好，看看**全世界最面惡心善的**

壞蛋毛球怎麼擊敗**瘋狂橘子果醬喵喵叫的怪物大軍！**

你會**大笑到哭出來**，或是**大笑到放屁**。

〈哪個情況都沒有關係，完全任君選擇唷。〉

千萬不要錯過……

壞蛋聯盟 4

即將上市！